KB193621

강 원 도 의 눈

강원도의 눈

김주연 시집

펴낸날 2025년 3월 13일
지은이 김주연
펴낸이 이광호
주간 이근혜
편집 이주이 윤소진 김필균 허단 유하은 최은지
마케팅 이가은 최지애 허황 남미리 맹정현
제작 강병석
펴낸곳 ㈜**문학과지성사**
등록번호 제1993-000098호
주소 04034 서울 마포구 잔다리로7길 18(서교동 377-20)
전화 02)338-7224
팩스 02)323-4180(편집) / 02)338-7221(영업)
대표메일 moonji@moonji.com
저작권 문의 copyright@moonji.com
홈페이지 www.moonji.com
ⓒ 김주연, 2025. Printed in Seoul, Korea

ISBN 978-89-320-4352-4 03810

강원도의 눈

김주연 시집

문학과
지성사

눈 속의 불에 처음부터 빠지고 싶었다
짧은 그때 눈의 불 속에
녹기 않았다
나를 / 겨지고 싶었는가

2025. 3. 강운연

먼 가까움

먼 것들이 가깝게 다가온다.

강원도 이천군 이천면 탑리.

가보지도 못했고 가볼 수도 없는,

주소뿐인 원적지가 홀연히 떠오른다.

내 정신에 한 반점(斑點)으로도 기억이 없건만

왜 엊그제까지 살던 고향처럼 다정할까.

강원도와 더불어 생각나는 말.

Nice Brisk Day!

눈이 많이 온 지난달 겨울

아주 더운 지난해 여름

지구의 아픔과 더불어 아팠다. 그러면서

60년 동안 수십 권을 쓴 긴 글들은 생각나지 않고

뜬금없이 솟아나는 작은 글들이 모여

얇은 책을 꾸민다. 『강원도의 눈』,

시집이라고 우기고 싶지는 않다.

어쭙잖은 책에 설명을 붙여준 우찬제 교수에게는 고맙기 짝이 없고, 예쁜 책을 만들어준 이근혜 주간, 편집과 디자인을 맡아준 이주이, 조슬기 두 분에 대한 감사의 마음은 어디에 적어야 하나.

2025년 3월 초봄, 법화산 기슭에서

김주연

강원도의 눈

차례

自序 — 먼 가까움

1부

로뎀나무

로뎀나무가 어떻게 생겼는지
나는 알지 못한다
로뎀나무가 어디에 있는지
나는 알지 못한다
로뎀나무가 왜 좋은지는 더더욱
알지 못한다

그러나 신기하게도
그 나무 아래에서는
살기도 좋고 죽기도 좋은 모양이다
사명을 마친 선지자가
그 나무 아래에서 죽기를 원했을 때
천사가 그를 일으켜 살리지 않았는가†

신비의 로뎀나무
나도 그 그늘 아래에 눕고 싶다
그러나 내게 그 나무는 없다

사막 광야에만 있기 때문인가
선지자에게만 그늘이 주어지는가
거기 누울 만큼 피곤하지 아니한가

하루하루의 삶을 따라가는 생존
짜증 내며 원망하는 삶
로뎀나무 아래 눕기에
아직 덜 피곤한 모양이다
그 나무 그늘이 그립다
아, 나도 피곤하고 싶다

† 「열왕기상」 제19장 5~9절 참조.

바람

한 줌 바람도 보이지 않는
대낮이다
아무도 없다

유리창을 깨뜨릴 듯 두드리는
한밤중의 비바람
아무도 없다

귓가를 살짝 만지고 가는
가느다란 바람 소리
누군가의 엷은 발자국

먼, 아득한 바람에
생명의 소리
들린다

나무 속으로

산 밑으로 이사를 왔다
공기가 좋아서 온 것은 아니고
건강에 좋아서 온 것도 아니고
풍광이 아름다워서 온 것도 아니다
어찌어찌 굴러왔다고 할까

산에는 나무가 많다
자연스럽게 나무 속으로 들어간다
숲속으로 들어간다는 말이
보다 정확하겠지만
나는 나무 속에 있는 나를 본다

나무 속에 있는 나는 살아 있다
나무는 빈 속으로 나를 맞아준다
죄로 가득 찬 나는 비로소 숨을 쉬고
그의 넓은 은혜로 거듭나며
나무는 결국 사람들 손에 의해 베어진다

나무와 사람의 생명은 엇갈린다
나무는 사람을 살리고
사람은 나무를 죽인다
못생긴 나무만 살아남고
못난 나는 나무가 살린다

나무 십자가

태초에 나무가 있었다
보기에 아름답고 먹기에 좋은 나무
생명나무와 선악을 알게 하는 나무도 있었다
아, 이대로 나무들이 주욱주욱 자랐더라면
나무 동산을 이루고 큰 산이 되었더라면

사람이 들어왔다, 남자가
사람이 또 들어왔다, 여자가
둘은 눈이 맞았다
한 사람만 들어오거나
나무를 못 보았더라면

다시 나무를 보았지
십자가로 엮인 두 나무
거기에 매달린 사내
고통으로 죽어간 그 사람
구원의 대속물이 된 그 사람 그 나무

첫 나무 첫 사람 이름은 아담
뒷 나무 뒷 사람 이름은 예수
예수로 구원을 받았건만
아담으로 남아 있는 사람
사람들은 여전히 아담을 그리워한다

뒷 나무에 감사하면서도
뒷 나무를 무서워하는
첫 나무의 싱싱한 죄의 유혹
예수가 되지 못하는
인간 아담의 나무

노란 꽃 삼총사

고맙다, 삼총사야!

계절을 끌고 오는 삼총사,

봄과 함께 가장 먼저 얼굴을 내미는 산수유,

그 뒤를 이어 숲 가장자리에서 지천으로 피어나는 개나리,

아직 짧은 햇빛을 받아 반짝이는 유채꽃 들판,

추위와 더불어 봄을 열어가는 노란 꽃 삼총사

삼총사 뒤에 4인방이 따른다

꽃샘추위가 지나가면 울긋불긋 나뭇잎들을 털고 나오는 벚꽃

그 아래 둔덕 둔덕을 휩쓸고 앉아 있는 진달래, 그리고 철쭉

마침내 화려한 봄의 절정을 이루는 장미, 장미

연분홍에서 번져가는 진한 적색 4인방, 붉은 꽃 잔치다

이루 말할 수 없이 아름다운 5월에 사랑을 고백한

다고

하이네도 읊지 않았던가
4인방이 움직이면 계절이 움직인다

네 사람이 모이면 4인방이라고 한다
내게도 그런 4인방이 몇 개 있다
문학을 같이 하던 젊은 날의 모임
김씨 넷이라고 4김씨, 혹은 4K라고 불렸고
4 대신 영자 four를 넣어주기도 했다
한때는 비틀즈의 네 친구들과 비교도 되었지
발생 시기, 연배가 비슷한 탓이었나
그네들은 폭발적이었지만 글쎄, 더 빨리 갔어
우리도 둘은 벌써 갔고 둘은 남아서 늙어간다
아무도 2김씨라고 이제 부르지 않는다

가을이 된 봄

오래 머물러 있는 가을 속에
잘 익은 단감 같은
기이한 봄이 남아 있네
저 멀리 봄의 시작을 알리던 추운 끝
아직 활짝 피지 않은 동백 같은
조금은 예쁘고 조금은 어리숙한
늙은 봄의 그림자

부드러운 원형의 여인
청춘과 평화
빛을 점화시키는 물체
사랑과 성실
시가 품고 있는 이 아름다움도
계절을 따라 오고 가는 것인가
봄이 가면 가을로 이어져야 하는가

계절 바깥에 서서

시인은 혼란스럽다

봄도 가을도 아닌 자신이 당혹스럽다

언제나 젊고 언제나 자유로운

봄날의 가벼운 어깨가 무겁다

날아갈 곳을 잃은 날개가

신기하다

가을 기도 †

주여, 이틀의 햇빛을 더 달라고
릴케는 가을 문 앞에서 기도했지만
주여, 저에게는 매일매일이 온통 햇빛이 되게 하소서
모든 사물의 주인인 햇빛이여
지난여름을 즐겁게 관통하며
이제 문득 조금쯤 얼굴을 감춘 그대
당신에게서 벗어난 거리와 집들을 어여삐 여기고
어둠 속으로까지 들어가주소서

햇빛은 바로 어둠이 되고, 마침내 둘은 한 몸이 되네
선한 어둠으로 거듭 태어나
자신을 모두 내어주는 밝은 어둠
어둠이 비춰주는 밝은 부재의 그늘 속에서
문명의 모습을 자랑하는 과잉의 욕망은
누추한 옷을 벗고 피를 흘린다
상심하는 자 위로받고 감사하네
모자 벗고 몸으로 받는 햇빛

† 릴케의 「가을날Herbsttag」(1902)을 패러디해보면서 욕망을 벗어
버린 시간을 꿈꾼다.

가을 여자

가을 여자가 아름답다
입은 듯 벗은 듯한 모습이 아름답다
다가오는 추위를 예감치 않는
도톰한 피부의 방향이 아름답다
계절과 함께 계절을 넘어선
담대한 그 신앙이 아름답다

남자와 함께 그 이름이 사라져버린 여자
가을과 함께 홀연히 그 미모를 드러낸다
바람이 없으면 생명이 없고
바람이 심하면 생명이 죽는
그 사이사이 생명의 길을 걷는 가을 여자
그대는 자연 그대는 생명

어느 날 가을 여자와 함께 길을 걷는다
뜨거웠던 지난여름 기억 바깥에 있고
혹한의 기록은 선사시대의 전설

사물들은 서로서로 붙잡아주면서
지금 서늘한 생명이 확인되고
황금시대의 언어가 된다

단풍

푸른색에서 붉은색에 이르며
시간을 삼켜버리는
저 찬란한 변절의 황제!
저렇게 붉은 마음 감추고 있었다니!
얼굴을 바꾸어놓고 늠름해하는 잎들의 미소
그들을 좇아서 내 눈은 나무를 오른다

붉은 나라에 들어선 내 눈은
문득 지난 기억을 잃고 현기(眩氣)를 일으킨다
다시 나무를 타고 내려와도
만날 수 없는 푸른 나라의 추억
그사이 명멸하는 시간의 춤사위,
몰락을 앞둔 마지막 나라의 예감

저 고요한 침묵의 관능 속에서
사랑과 생명은 텀블링하는가
단풍은 핏빛 승부인가

울림

참 상쾌한 날이야!
아침부터 그가 소리쳤다
메아리 없는 그 울림이
평생을 따라다닌다
죄의 냄새를 달고

망각 아래에 숨겨진 울림
사랑인가 집념인가
분명한 것은,
생명
흐르는 소리

11월의 원근법

포장도 안 된 길로 올라왔다
졸졸졸 그래도 개울물은 정다웠다
말로만 듣던 용인 땅에
그렇게 짐을 풀었고
시간은 졸졸졸 잘 흘러가더니
20년이 훌쩍 지나
내 생애 최장의 세월을 보낸다
계산 속의 추억
잿빛 11월의 하늘이 가져다준다

잿빛 하늘은 이리저리 떠돈다
장충단공원 위 어느 호텔 커피숍
징글벨 울리는 광화문 어느 서점 안
무교동 뒷골목의 선술집 사이사이
누군지 알 수 없는 얼굴들이 드나든다
누군가는 흐릿하게
누군가는 선명하게

용인 땅에서 떠올리는 얼굴들은
반세기 전이 오늘이 된다
11월이다

어제오늘 본 얼굴들은
잿빛처럼 희미해지고
반세기 너머 먼 얼굴들이
가깝게 떠오르는
원근법의 뒤바뀜 안에서
세월도 뒤바뀌는
11월

겨울나무

너 없으면 나는 못 사는데
너는 나 없어야 잘 사는구나
잎새를 다 떨군
겨울나무의
벌거벗은 증언이 준엄하다

잎새 없는 겨울나무가
푸르른 잎새를 불러와
나무의 존엄을 일러준다
벌거벗은 너 앞에서
벌거벗은 나를 본다

아직 남아 있는
메마른 잎새 하나
마음을 적시고
가슴을 살린다
고맙다, 겨울나무야

헐벗은 인생의 겨울은

추억과 회한만을 품고 있지만

늘씬한 나목(裸木)의 겨울은

근육의 비밀을 숨긴 채

싱싱한 새순을 품고 있다

겨울에서 봄 사이

미세먼지인가
하늘이 뿌옇다
는개인가
땅이 축축하다

겨울을 힘겹게 버텨낸
베란다 동양란이
반쯤 허리를 숙이고
반쯤 고개를 바싹 들었네

외우(畏友) 지하가 그려준
그림 속의 난이 베란다 안쪽에서
힘차게 웃고 있네
그림 속 자연은 언제나 청춘

오랜만에 들려온 영상 10도 소식
외투 벗고 나갔다가

오싹— 도로 들어왔다
겨울과 봄이 함께 내 안에 있을 줄은

봄은 질퍽거리는 눈 속에 있다
겨울은 봉오리 피우려는 동백을 붙잡는다
사이 좋은 둘 사이에서
사람들만 제자리가 없다

눈은 애매하게 내리고

없어졌다
거실 뒤창 바깥으로 날아다니던 새 몇 마리
참새던가 까치던가
헐벗은 자작나무가 즐거운 무대였던
새 몇 마리 어디로 갔나

사흘 동안 퍼붓던 눈 속에 갇혔나
반쯤 쌓이고
반쯤 녹아내린 눈을 따라
흘러가버렸나

아, 저기 있다
긴 나무 꼭대기 우듬지에
홀로 한 마리 앉아 있네
고고하게 외롭게
눈 한 조각 묻히지 않고
눈 더미에서 벗어나 날지도 않는

한 마리 새
어디가 아픈가 추운가

눈은 애매하게 내려서
새들의 비상도 운행도
애매하게 만드는구나
두 자연이 일구어놓는 풍경을 보며
나의 슬픔도 생각도
애매해진다

비도 오고 날씨도 흐린데

비도 오고 날씨도 흐린데
벚꽃이 피고 있구나
2024년 4월 3일 수요일
아파트를 나와서 걸어 내려올 때에는
맨숭맨숭하게 보였던 벚나무가
조금 더 내려오자 자줏빛 꽃망울을 달고 있더니
길거리 평지에 이르자
풍성한 꽃다발들을 가득가득 이고 있구나

미세먼지로 누런 하늘을 뚫고 내리는 봄비
봄비라고 아름답게 찬양하기 민망한데
자연이 푸른 높은 언덕에선
얼굴을 인색하게 보여주더니
사람 많은 거리에선 활짝 모두 피는구나
벚꽃, 봄 벚꽃, 흐린 날씨 속의 벚꽃
탁하고 어두운 미세먼지 속 사람들을 보듬고 싶었
더냐

흐린 빗속에서도 벚꽃은 피고 있다

벚꽃 가로수 그늘에서 한 입후보자가 열변을 토한다

70여 년 전 참극을 일으킨 후예가 상대방이라는 공격

지지자 위주의 극단은 나치를 연상시킨다는 반격

성희롱 막말을 쏟아내는 자칭 역사학자

불법 대출받고 서민을 위한다는 직업형 사기꾼

속을 뒤집고 까발리는 사이에 모두 인격은 파탄나고

마침내 어디선가 지진 소식이 들려오지만

세상이 뒤집어질지 모른다는 생각을 그들은 결코
하지 않는다

벚꽃이 떨어져 미세먼지와 뒤엉킬 때까지도

아, 꽃을 잡아먹는 인간들이라니!

벚꽃 무덤

벚꽃 무덤을 보러 나갔다
집 앞 창문 밖 뒤 창문 밖
모두 모두 벚나무로 가득가득한데
눈이 부셔서 피하러 나간 길에서
산 전체를 덮고 있는
벚꽃 무덤을 보고야 말았다

차마 한두 그루 나무 앞에 설 수 없어서
먼 산의 핑크빛만 눈으로 씻었다
오래 못 본 작은 아들의 그림자가
뜬금없이 그 빛 속에서 나오더니
화려함 속에서 멀어져가는 봄
오는 것 가는 것이 모두 그리움이구나

강원도
―늦은 나이의 여행길에서

서울 놈치고 어째 촌스럽더라니,
나중에 소설가가 된 전라도 친구
내 본적이 강원도라는 걸 알고서
낄낄거리고 좋아하던 모습
60여 년이 지난 오늘
어제 웃음처럼 홀연히 귀에 가깝다
'문B' 1학년 교양학부에서 함께 놀았지

그렇다
난 강원도 사람이라고 생각해본 일이 없다
명륜동에서 태어나 혜화국민학교를 다녔고
6·25 시절 부산 피난학교를 다녔지만
다시 돌아와 서울서 주욱 학교를 다녔지
평촌으로 용인으로 이삿짐을 굴려왔지만
서울의 직장 탓인가
서울 사람이라는 막연한 의식 바깥으로
나가본 일이 없는 것 같네, 이 사람아

자네 말대로

난 강원도 사람일세

암하노불(岩下老佛)의 촌스러운 의젓함

옥수수와 감자로 야유받곤 하는

어수룩한 식재료들

나하고는 무관한 듯 짐짓

세련된 도시남인 척 생각해왔다면

유황 냄새로 도배된 이 흙 장판의

편안함은 무엇일까

편안함이 주는 평안

그 원류의 힘은 강원도 아닐까

강원도 방에 누워서 처음으로 생명을 마신다

경포 호수
―강원도 2

물속에 빠졌다
10리 바위까지 헤엄쳐 가다가
발밑에 아무것도 닿지 않았다
이대로 가면 익사하는 것

눈 속의 물에 처음부터 빠지고 싶었다
맑은 그대 눈의 물속에
내가 있었다
나를 건지고 싶었다

강원도의 풀
—강원도 3

돌마타리 돌부채 돌양지꽃 바위구절초 바위떡풀 바
위솜나물 산솜다리 돌가시나무 돌꽃 돌나물 돌단풍
돌매화 돌담고사리 바위돌꽃 바위손 바위솔 바위수국
산솜다리 한라솜다리 당양지꽃 동강할미꽃 벌깨풀 산
조팝나무……

돌 이름도 바위 이름도 아니다
돌에 붙어 있는, 바위에 붙어 있는 이름이다
붙어 있다니!
돌과 바위를 거느리고 있는 이름이다
그들의 주인은 풀이다

풀이 눕는다,고 말한 시인도 있지만
돌부채와 바위손이 돌이나 바위에
힘없이 붙어 있지 않다!
부처도 바위와 함께 있다는
강원도를 모르는가

강원도의 풀은 풀이 아니다
돌이며 바위다
돌 이상이며 바위 이상이다
풀 없는 돌과 바위는 돌도 바위도 아니다
풀 아래에서 돌도 바위도 숨을 쉰다

풀 옆에서 사람도 숨을 쉰다
풀은 사람이 되고
사람도 풀이 된다
강원도의 풀이 온 누리를 덮고
지구의 들숨 날숨을 지켜준다

평창군 대화면
—강원도 4

마른 멸치 몇 마리 둥둥 떠 있는 국밥이
고깃국 행세를 하던
1950년대 평창군 대화면 버스 정류장 밥집
서울서 강릉으로 가는,
강릉에서 서울로 가는 버스 동해상사는
운전기사도, 차장 아가씨도 서로 바꾼다
안녕히 가시라고 승객들을 인계하면서
몇 시간 함께 해온 정을 못 이겨
아가씨 차장은 낡은 이별가까지 부른다
70년이 지난 지금
시골 국밥집은 어엿한 한우마을 간판을 달고 있다

어느 해인가
버스는 평창군 대화면을 거치지 않고,
대관령 대신 한계령을 넘어
양양과 주문진을 돌아서 강릉으로 내뺐다
폭우로 대화 쪽 길이 끊겼다는 것

그럼에도 강원도 최고의 운전기사 기호[†]는

예정 시간을 앞당겨

훤한 대낮에 주문진-경포 사이를 달린다

아뿔싸, 과속과 무사고의 자부심은 버스를 전복시
키고

어린 중학생 승객은 부상자 명단에 이름을 올린다

내 이름이 신문지상에 처음으로 등장한 곳, 강원도

[†] 기호라는 이름의 운전기사는 서울과 강릉 구간 고속버스를 운행
했으며, 그의 안전한 쾌속성 때문에 승객들에게 마치 연예인 같은
인기의 대상이었다. 험한 강원도 산길을 달리는 기사들은 강원도
운전사라는 특유의 자부심이 있었는데, 보통 12시간 소요되는 거
리를 그는 7~8시간 만에 달렸다(1950년대 고속도로가 없던 시절의
속도였다). 사람들은 그가 일하는 날에 그 버스를 타려고 일부러
날짜를 고르곤 했다.

나 밖의 나
―강원도 5

1952년인가 전쟁 끝 무렵
흙바닥에 거적을 깐 경포국민학교 교실에서
수업을 받던 5학년,
경포바다에 빠져 허덕이던 중학교 3학년을 살려내고
경포 윗동네에서 전복된 버스에서도 살려낸
소년의 생명과 은혜의 땅
선교장 속 감추어진 지혜의 보고 열화당을
아는 사람,
물론 하나도 없다

열화당이, 그러나 선교장의 중요한 한 교육장이라는
것을
세종의 후예들이 지금도 살고 있는 102칸 민가라는
것을
서쪽 내륙으로 대관령의 깜빡거리는 재의 불빛을
바라보고
동쪽으론 경포대를 지나 동해와 경포호수 은빛 물

결 찰싹이는
　산과 물을 이어주는 생명의 배다리라는 것을
　아는 사람은
　많지 않다

　강릉 열화당과 파주 열화당이 하나인 것을
　아직도 모르는 사람
　글쎄, 있을까
　내가 나 밖의
　나로 나갔다가
　돌아오듯이

2부

간헐적 파행

잘 걷다가 픽 주저앉았다
자주 다니는 이발소 앞에서 일어난 일,
뭐지— 하다가 아— 했다
간헐적 파행(跛行)이었다
척추관 이상이 발목에 이상을 일으키다니

한글 타자를 치고 있는데 영자가 튀어나왔다
시를 쓴답시고 워딩를 작성하다 일어난 일,
어, 왜 이래 자꾸—
간헐적 파행이었다
문장 실력이 매끄럽지 못한 탓이겠지

간헐적 파행,
꽤 유식한 단어 '파행'은
처음엔 사회과학 쪽 용어인 줄 알았다
그러나 그게 부실한 내 몸에 붙은
친밀한 동료였다니

친한 건 아프고
아프면 친해진다
반(半) 진리에 이르는 데
80여 년 걸렸구나
진리는 아프면서 친해진다

감기

찌뿌둥하다
열도 있는 것 같다
기침은 하지 않지만
가래가 목에 걸려 있다
이렇게 되면 몸살이다

코로나 이후
이 증세는 생활의 일부다
그저 미열입니다
의사는 가볍게 말한다
그렇다면 노이로제다

노이로제와 감기
어떤 것이 심각한가
당연히 감기다
노이로제?
어차피 노이로제 인생 아닌가

병이 건강이고
건강이 병이라고 말한
독일 소설가도 있지만
그의 아이러니를 따라가기엔
현실의 병이 무섭다

현이도 성원 청준 규원이도
치수도 인철 문길 태순이도
문구와 인호 충성 길언 그리고
상룡 형영까지
일찍이 떠나갔으니

아이러니의 힘을 알 만하구나

오두방정

즐거운 마음으로 타기 시작한 자동차
K5는 2010년형, 로체의 후속 모델
korea kratos kinetic와 중형 세단을 의미하는 숫
자 5
K5는 잘 달리고 쾌적하였다, 2017년까지는
수리를 위하여 갈고 바꾸고자 할 때 그 부품은 단종
되었다
10년은 타야지, 굳센 마음으로 버티자 차는 곧 희귀
종이 되었고
KN이라는, 뉴 K5라는 멋진 새 유형이 즐겁게 달린다

20년 전 이사 할 때 끌고 온 TV
수리 대신 가차 없이 폐기당했다
아직도 브라운관 TV를 쓰고 있다니!
곧장 LED로 대체되었고
얼마전 OLED TV가 진주해 들어왔다
그것도 UHD라나 뭐라나

갖가지 온라인 프로그램이 현장처럼 눈앞에 들이닥
친다
학교 수업도 목사님 설교도 코앞에서 전개된다

휴대폰은 또 어떤가
화면을 올리고 번호 찍어 간신히 전화하던 송수신기
문자에 카톡에 동영상까지 돌아가는 요상한 세계
앱이니 아이콘이니 외래어를 한글 사전에 추가하면서
물건도 주문하고 택시도 부른다
온갖 사진 찍는 움직이는 사진관 되더니
여자 다리 몰래 찍어 올리는 범죄도 만든다
길을 건너면서 게임도 한다

수공이 기계로 바뀌고
겉모습이 요상해지고
안 모습이 편해지고
요컨대 더 잘 보이고 더 잘 들리는

감각의 개발
더 잘 팔리는 욕망의 개발
타자를 핑계 삼은 욕망의 무한 질주
모든 주체는 마침내 타자가 된다
하, 자본주의의 오두방정이라니!

열(熱)

뭐 화끈한 일 없어요?
그가 묻는다
역사에 뜨겁게 참여하시죠
그녀가 채근한다
덥니다
나는 대답한다

열이 나는 것 같아 병원에 간다
가벼운 열감입니다
단골 동네 의사는
대수롭지 않게 일갈한다
사람들은 더 뜨거워지라고 하는데—

미열을,
서늘한 것을
중간쯤 앉아 있는 것을
도무지 못마땅해한다

중용과 지양은 없다

선거철이다
정당과 후보 들은 난무하는데
이것 아니면 저것으로 결판난다
어디를 가든 누구를 만나든
어느 편이세요, 묻는다
열받는다

뜨거워야 사는 세상
뜨거워지는 지구
차갑게 식어버리지 않을까

중독

부르르 떨리는 기계의 율동
자연스럽게 뻗치는 손
작은 화면에 알록달록 그림과 숫자
아직 잠든 눈에 도전하며 명멸한다
기계가 열어주는 아침

중독이 시작된다
스마트폰을 통해 하루가
스마트하게 시작된다
중독은 스마트한 법
하루는 스마트한 중독의 일정을 따른다

말씀 일독의 거룩한 임무
이태준 전집의 새로운 독서
요추 전만의 건강 운동
착한 음식 구입의 장보기
모두 모두 주이상스 욕망에 밀린다

새로운 기계는 끊임없이

중독을 재생산하고

재생산된 시간은

욕망으로 가득하다

잠깐의 멈춤도 낄 시간이 없다

허리가 아프다

허리가 아프다
다리도 아프다
척추관 협착증이라고 한다
척추관이 좁아져서 신경을 압박하고
피의 흐름도 원활하지 못한 병

척추관만 좁아졌을까
시야도 좁아지고
보폭도 좁아지고
가슴도 좁아지고
그렇군, 마음도 좁아지지 않았을까

영육이 함께한다는 말씀
영육을 둘로 보는 이원론은 아닌 듯
그러나 허리와 다리의 이원론?
서양 근대의 이원론도 틀리나?
아픔은 이원론을 뚫고 지나간다

마음이 가슴을 조이고
가슴은 불안 초조를 만들고
불안의 실존은 다리를 휘청거리게 하며
주저앉은 다리는 허리를 아프게 한다
허리가 아프다 가슴이 아프다

예감

8월에는 내 생일이 있다
그 8월에 종말의 예감이 찾아왔다
역병이 온 세상을 휘젓고 다녔으며
두 달 넘게 홍수가 이 땅 곳곳을 넘실거렸다
종말의 신호로서 부족함이 없었다

결혼한 젊은이들도 드물고
혼자 사는 젊은이들 또한 별로 없다는데
남녀가 함께 살든지
남과 남, 여와 여가 함께 살든지
개나 고양이와 함께 살든지
신인류를 자처하는 젊은이들
눈에 띄지도 않는 외계인 슬픔

화산과 지진, 이름 모를 동물들과 해충들의 범람
반려돌의 등장이 차라리 반갑다
타산지석 아닌

반려지석에서

기이한 생명을

예감한다

시베리아

시베리아가 운다
꽁꽁 묶여 있던 가슴을 풀고 운다
칼바람을 자랑하던 노기를 풀고 운다
그 아래에서 흘러나오는 얼음 풀린 눈물
따뜻하고 부드러워진 시베리아의 미소
그 미소, 따뜻한 생명의 미소일까

하루에도 열두 번 손 씻고
멀리 떨어져 앉아서
말없이
밥만 먹는 점잖은 우정
모두 그 따뜻한 미소
시베리아의 눈물에서 나온 것일까

화끈한 것 좋아하는 격정의 정
지구 온실 덥혀가더니
마침내

기후 악당이 되었구나

그리운 시베리아
미소를 거둔 시베리아가 아름답다

나는 어디에

안경이 어디로 갔나
금방 보던 책은 어디로 갔나
아니 조금 아까 통화한 휴대폰은 어디로 간 거야
양말은 대체 어디에 숨겨져 있고
외출을 해야 하는데 마스크는 보이지 않네
서랍 열쇠도 현관 열쇠도 주머니에 없고
안주머니에 있던 지갑은 어디로 간거지
자동차 열쇠도 안 보이네

나이 든 사람들 집에 있는 물건들은
바퀴를 달고 있다고 하던데
아니, 이 사람은 이럴 때 어디로 갔지

그런데 나는 어디에 있는 걸까
챗GPT에 물어보아야 하나
벌써 그 속에?

나는 어디에

스스로 눈을 찌르고 추방된
신화 속 범죄자도 거기에 있는가, 과연
미리미리 AI에 달려갈 것을

유리창 쇼핑

아침부터 유리창 속이 화려하다
푸른 사파이어, 반짝이는 다이아몬드
진열대 위에 오를 명품을 고르는
윤기 흐르는, 긴, 관능의 손길들

쾨†를 걸어가는 내 발길은
유리창을 향한 한쪽 눈 위에 실려 있다
소유가 포기된 욕망으로 과부하된 한쪽 눈
무거워진 눈 밑에서 발길은 가볍다

7년 동안의 이 도시 유학 생활
한 번도 이 근처에 온 일이 없다
무수히 이 거리를 지나간 아내
함께 걸어도 멀리 서로 떨어진 눈

아이쇼핑은 즐겁다
흥정과 지출이 유예되고

유리창 안의 세상을 무료로 소유하는
욕망을 던져버린 욕망의 서늘함이라니!

† 첨단 유행의 거리라는 별명을 지닌 독일 뒤셀도르프의 번화가 쾨
니히 슈트라세Königstraße의 약자.

알 수 없네

아도르노라는 평론가가 있다
문학평론가이자 음악학자
역사가이자 철학자인 그를
도무지 알 수가 없네
마침표 없이 쉼표로만 한 장씩 계속되는
그의 글과 문장을 나는
이른바 독해할 수가 없다네
그의 모국어인 독일어, 아님 잘 번역된
우리말로도 알 수가 없군

지도 교수로 그를 모셨던 한국인 철학자[†]
"내 책을 이해하지 못할 텐데……"
하면서 지도를 회피하던 그를 기억하며
그 밑에서의 공부를 신기해했다
반체계성과 반학문성이 그의
학문적 방법이자 지향이었다는 아도르노
합리성의 허위를 부수고 싶었던 아도르노

Open AI가 꾸며놓는, 소라의 환상 본다면

반학문성이야말로

진짜 학문이라고 회심의 미소 지을까?

영상 앞에서 부서지는 문자와 문장을 통쾌해할까?

알 수 없네

처음부터 진작 무식했더라면—

차라리—

알 수 없네

† 명지대학교 임석진 교수.

디아스포라

그들은 조센진이었다
그들은 고려인이었다
그들은 조선족이었다

그들은 한때 재독 광부요 간호사였고
열사의 땅 중동의 노동자였고
더 멀리는 하와이 사탕수수밭 일꾼이었고
멕시코의 애니깽이었다

이제 재미교포라는 이름으로
재일동포라는 이름으로
글뤼크아우프†가 생활화된 이름
당신들은 대체 누구인가

디아스포라는
밖으로 나가 있는 이름만이 아니다
지금은 우리 곁에도 친숙하게

때로 조금은 낯설게 다가오는 이름들
베트남과 우즈베크의 여인들
필리핀과 네팔에서 온 손님들
주인과 나그네가 뒤바뀌어 살아가는

디아스포라
더 이상 팔레스타인 바깥에서 유랑하는
유대인만도 아니고
만주 벌판을 헤매는
헐벗은 우리 조상의 역사만도 아니다
옛 고향집의 객사(客舍)에 드리운
남모르는 그림자의 창백한 이마
아, 모두가 한 모습의 디아스포라인 것을

† Glück auf. 광부들이 광산에서 무사히 일을 끝내고 살아 나오는
  것을 표현하는 독일어 인사.

3부

인류세(人類世)†

처음에는 무슨 말인지 몰랐다
공부를 하고 나서도 몰랐다
인류세라니, 무슨 세금 종류인가 했다
사람으로 사는 값, 사람세라니
설마 했는데 사실이었다

인류세(人類世)는 인류세(人類稅)지만 세금은 세금
이다
홀로세 다음으로 나타난 지질시대의 이름이라나
인류의 교만으로 초래된 지구의 환경 악화 이름이
라나
이제는 사람이라는 사실만으로 세금을 내야 한다나
세금이 싫으면 지구를 떠나라나

유식한 친구는
지금이 아직 홀로세라고 가르쳐주는데
무지한 나는

그런 것 몰라도 된다고 우기는데
지구온난화의 말세 징후가 가까이 오기는 오는가

세금은 내기 싫고
지구도 떠나기 싫고
비인간 세상을 받아들이기도 싫고
신발 신고 날아가다가 떨어지는
해괴한 꿈만 매일매일 꾸는구나

† 지금도 계속되고 있다는 지질시대 연구에 따르면, 1만 년 전에 시
 작된 홀로세(혹은 충적세)가 언제부터인가 이제는 인류세Anthro-
 pocene로 바뀌었다는 충격적인 보고가 있다. 이 새로운 지질시대
 에는 기후변화에 따른 생명체의 상실, 인공 물질의 확산, 화석연
 료나 핵실험에 의한 퇴적물 변화 등 생명 위협 현상이 나타나는데
 모두 지나치게 활발한 인류 활동이 그 원인으로 지적된다.

민주주의

너 때문에 민주주의가 후퇴했다고 악을 쓴다
아니다
너 때문에 민주주의가 망했다고 비웃는다
아니다, 아니다
그들이 싸우는 곳은 넓은 광장 좁은 골목
어디든지 가리지 않는다

어깨에 띠를 두르고
나는 이렇게 잘났다고 외친다
길 건너편 너는
이렇게 못났다고 흉을 본다
자기 스스로 추켜올리고
너를 욕하고 깎아내리는 민주주의

굽실거리고 악수하던 너
며칠 뒤 안하무인의 구둣발이 요란하다
복지와 봉사를 약속하던 너

돈도 땅도 아파트도 모조리 제 주머니에 쓸어 넣는다
가렴주구(苛斂誅求)†와 옥반가효(玉盤佳肴)‡가
민주주의로 이름이 바뀌었구나, 불쌍한 민주주의야

내 환부를 드러내고
네 치부를 보여주는
공공연한 제도
더러운 욕망의 화신
버릴 수도 없는
낫지 않는 몸살, 민주주의

† 세금을 가혹하게 거두고 재물을 빼앗는 폭정을 이르는 말.
‡ 옥쟁반의 맛있는 음식이라는 뜻으로 양반들의 호의호식을 이르는
  말.

84

밝은 빛
―파우스트 1

빛이 밝다
오전 10시 반

동쪽에서부터 서서히 드리우는
어둠의 그림자
거실 내 자리 왼쪽에서 일어나는
빛과
어둠의 만남
서로 싸우지 않으면 좋겠다

오후 2시 반
어둠이 남향의 대형 유리창을
거의 지배한다
이제 빛은
짧은 일생을 마치고
서쪽으로 물러갈 모양이다
패배인가 양보인가

좀더 빛을!
괴테의 절규에
내 목소리를 더한다
빛은 너무 착하다

거실 가득 채운
어둠 속에서
점점 밝아오는 빛
상상의 눈과 머리를 통해
기이한 물질이 되어버린 빛

창세기 서곡
—파우스트 2

태초에 하나님이 천지를 창조하시니라

가브리엘과 라파엘, 미하엘이 찬양하는
인류 창조의 대업
뇌성벽력, 번갯불과 폭풍우의 그날을 연상하는 가
운데
당신의 그날을 온화함으로 찬양한다
온화한 파괴?

지상의 그날은 악과 함께 오는가
악은 스스로 신을 자처하고
이성을 내세우고
당신의 종을 빙자하면서
하늘의 별을 소망하면서
지상의 쾌락을 모조리 누리겠다는 욕망

파우스트와 메피스토는 처음부터

한 몸이었던 것을!

악에게도 관대하신 당신 덕분에
늘 생동하는 메피스토의 에너지 속에서
유혹도 사랑도 번성하는 것을

사랑은
잔인하게 창조된
천지의 끝까지 번져간다

호문쿨루스
―파우스트 3

셀프 섹스로 남성이 배척되고
난자은행, 정자은행으로
생명이 거래되는 21세기
숫자가 더 많은 미래를 내다보고
과학의 힘을 자랑하는구나

과학의 발달은 여성의 발달과 동행하고
여성의 발달은 생명의 발달로 이어지니
생명의 발달로 죽어가는 생명
일찍이 파우스트 시대 2인방에도 나타나니
호문쿨루스[†]여, 재림하소서!

메피스토: 대체 무슨 일이지요?

바그너: 인간을 만드는 중입니다

메피스토: 인간이라고요? 그렇다면 사랑하는 한 쌍을
          이 연기 나는 구멍에 집어넣었단 말인가요?

바그너: 천만에요! 지금껏 유행하던 생산 방식은

어리석은 장난이라고 선언하는 바입니다.[‡]

호문쿨루스,

2백여 년 앞서 태어난

인류의 새 조상

AI를 능가하고

파우스트와 오늘 데이트를 즐긴다

[†] Homunklus. 괴테가 파라켈수스의 학설에서 힌트를 얻었으리라
생각된다. 남성의 정자를 밀폐된 증류기에 넣어두면 생기를 얻게
되는데, 거기에 사람 피의 엑기스를 섞어 40주 동안 양육하면 인
간이 된다고 주장한다. Johann Wolfgang von Goethe, *Goethes
Werke Bd. III*, Hamburger Ausgabe, 1890, pp. 209~10.

[‡] *Ibid*, p. 122에서 전문 인용.

영원히 여성적인 것
―파우스트 4

영원히 여성적인 것이
우리를 이끌어 올린다고 했는데
나머지는 모두 추락하는가

여성의 맞은편에
남성이 있고
남성의 맞은편에
여성이 있지만

영원히 여성적인 것
영원히 남성적인 것이 있을까
영원히 여성적인 것은
혹시 워마드가 아닐까

괴테는 워마드가 아닐 테지만
남녀의 구별이 너무
확실해진 것은 사실 아닐까

그레트헨에 대한 속죄의 마음
많은 남녀를 더 끈질긴
죄로 몰아간 것은 아닐까

페미니즘은 아름답고 부드럽지만
영원히 여성적인 것도
아름답고 부드러울까

아름다운 여성은
남성을 껴안는다
아름다운 남성도
여성을 껴안는다
부드럽게, 아주 부드럽게

다람쥐가 사라졌다
―파우스트 5

사람들은 서울로 서울로 몰려든다
교통이 번잡하고
공기가 나쁘고
집값이 비싸도
서울로 몰려든다, 서울로―

그리고 자연을 그리워한다
TV 속에 자연인을 설정해놓고
숲과 강 가까운 곳에 별장을 짓고
개 고양이를 반려동물이라고
자연과의 친화를 내세우는 모양

나무에 대해서 무엇을 알겠느냐고
자연을 포기한다는 시인이 있었지[†]
안개 사이로 뜨는 창공의 별을 노래한
시인도 있었어,[‡] 자연 아니던가
타버린 옛 성과 함께 사라진 마음의 자연

자연과의 단호한 이별을 선언한 이여,
신은 인간을 생동하는 자연 가운데
보내주지 않았던가

당신은 부르짖는군
몸은 도시로, 선언도 비인간화로 가면서
자연을 바라보는 마음은 유혹인가 퇴행인가
모순된 다중의 욕망
화폐 가운데 누워서 자연을 찾지 말라

우리 집 뒷산에서 다람쥐가 사라졌다

† H. U. 트라이헬, 「나무에 대해 내가 뭘 알까Was weiß ich von Bäu
  -men」(*Gespräch unter Bäumen*, Suhrkamp, 2002).
‡ 샤를 보들레르, 「풍경」, 오생근, 『프랑스 현대 시 155편 깊이 읽기
  1: 결함 없는 영혼이 어디 있으랴』, 문학과지성사, 2023, p. 24.

학문인가 마법인가
—파우스트 6

결국은 마법뿐이었다

철학도 법학도 의학도 그리고 신학까지도
헛되고 헛되며 헛되고 헛되니 모든 것이 헛되도다†
이 깨달음은, 그러나 학자에게 온다
자신이 가련한 바보임을
아는 이에게 온다
아, 훌륭한 학자님들—

그러므로 여기 학자는 없다
학문이 헛되다고 깨닫는 머리는
도무지 헛되다고 생각하는
가련한 바보는 없다
위대한 학자는 없다

석사니 박사니 허울 좋은 이름을 들으며
학생들의 코를 끌고 다녔을 뿐이라고

파우스트는 뉘우치고 개탄하지만
지금 여기에는 학생들 코를 끌고 다니는
석사 박사 교수들로 대학마다 가득가득하다

학문이야 오죽 좋은 것이냐
진리의 불빛 비추지 않으면
학문의 어둠은 인생의 어둠
허세의 빛 대신 마법의 빛을 찾아 헤매는
지식의 안개 속에 갇힌 나

† 「구약 전도서」 1장 2절.

우정의 그림자
—파우스트 7

여전히 남아 있는 젊음의 감동
가슴에서 솟아나는가
육신의 걸리적거리는 찌꺼기인가
마법의 입김 핑계로 헌신하려는
욕망의 과학

파우스트가 불러보는
젊은 날의 아름다운 친구들 이름
나와 함께 부르던 방황의 노래들
연무 속에 사라져버리고
메아리조차 낯선 무리 속에 묻히네

이제 정령의 나라를 그리워하며
그 나라 저편의 천상을 바라본다
옛이야기가 된 우정의 그림자 볼 수 있을까
사라진 노랫소리 만질 수 있을까
마법에 위탁된 검은 욕망에 휘말리는

아 아, 축제를 기다리는 어리석음이라니—

어릿광대가 된 평론가
—파우스트 8

사랑의 모험에 몰두하듯
시(詩) 장사를 한번 해볼까
망상 없으면 비전이 생길까
사라진 이들을 만나리라는 꿈, 혹은 기대는
이미 무대의 바닥이자 기둥이 되었네

축제는 어차피 가상으로 달려가는 힘
역동적인 춤과 진리의 언어
친분의 굴레는 더욱 깊어지고
행복과 고통은 앞뒤로 엮어지며
풍성한 생기(生氣)는 환멸과 싸움을 잉태한다

모두 모두 합하여
술 한잔으로 빠져가면서 축제는 무르익고
진리나 오류나 허세는 하나가 된다
조화롭지 못한 무리가
중구난방 역겨운 소리를 낼 때

평론가, 자네들은 어릿광대였구나!

4부

시인 1

생각이 없습니다

바람과 함께 펄럭이지요

꽃 따라서 피어납니다

풀처럼 눕기도 하고 일어나기도 하죠

푸른 나무를 바라보면서 내 키가 크기도 합니다

비가 오면 나도 적셔 내리고

폭풍우 치면 내 얼굴도 험상궂어지고

거센 파도의 높이는 내 심장의 높이이기도 합니다

눈보라 속에서 물론 나는 눈사람이지요

아, 나는 어디에 있을까요?

*

이 모든 우주의 주름 밖으로

자연의 시간을 슬며시 손 놓아본다

시인 2

어디로 달려가고 있나요?

해맑은 가을 계곡물 동그라미 속에 비친
형형색색 느릅나무 단풍잎
사시사철 푸른 소나무 잎
물과 공기를 지나는 밝은 빛
빛은 모든 사물을 향해 달려간다

왜 붙잡고 있나요?

금방 깨질 듯 민감한 유리
구부러지지 않는 차돌처럼 단단해지려면
병든 가슴의 야성적 열기를 식히려면
서늘한 온기로 눈을 맑게 하려면
이미지와 감정을 사냥만 할 필요는 없지

열정으로 달려가면서

자신을 굳게 붙잡는
위대한 모순의 균형
두 힘이 모두 자연 속에 있다네
그 자연의 이름, 시인

한때 그걸 넘어서고자 했다
한때 그걸 못 본 척하기도 했지
이제 그 아래에서 흐르는 눈물
다만
울 수라도 있다니 행복하다고 할까

시인 3

시인이 지나간다
아름다운 공작새 한 마리 몸을 편다
유려한 입술 화려한 몸매

시인이 많은 나라
흥과 가락이 많은 나라
풍성한 정서와 언어의 나라

시인이 지나간다
늘씬한 가을 기러기 날아간다
쓸쓸한 비상(飛翔)이 고독하다

공작새 지나가고 기러기 날아간 곳
그 자리에 가득한 시인들의 무리
고독이 많아지면 덜 고독해질까
유려한 입술들에 더해지는 풍성한 언어
시인이 많아서 고독이 사라지는 행복한 나라

공작새 뒤에 벌새들 따라간다
기러기 뒤에 까치들 날아간다

사이좋게
— 외우 이청준을 생각하며

그냥 떠나본 길
멀리 간 줄 알았더니 돌아왔네
먼 곳에서 만난 아름다움
다시 돌아온 허무
아름다움과 허무가 사이좋게
내 곁에 있네

폭풍 지나가면서 들려준 소리
소리 세상이 글 세상을 만들 줄이야

미지의 신 여기서 그 옷을 벗는다

사랑

드르륵 떨려서 열었는데
울림이 없네
번쩍이는 불빛과 숫자, 그림-광고
제압된 기대-멀어져간 사랑
익숙한 웃음을 흘리는 기계 앞에
울림 없는 떨림을 쳐다보는 나
기계를 사랑한다

한때 떨림이었던 사랑
내 가슴에 깊은 울림으로 다가왔던 사랑
이제 너희들 모두 사랑을 잃었다
아니 기계 속에서 거대한 사랑으로 살아났구나
다시 가까이 가기 두려워진
뜨겁고 단단한 사랑
그 속에서 재가 되고 싶었던 니체의 사랑

그게 이건가?

기계가 된 떨림

약속

약속을 왜 안 지키느냐고
화를 내었지
약속만 믿고 달려온
내 마음의 성실성이 배반당했다고
화를 내었지
모든 것이 잘 변하는 세상이기에
약속은 더욱 중요하다는 것이
화내는 이유였어

그런데
정말 그럴까?

언 땅에서 풀이 솟아나고
차갑던 바닷물이 이글거리고
푸른 숲이 저절로 붉게 물들어가고
이윽고 나뭇가지 헐벗어 흰 눈 열매를 매어 달 때
비로소 난 들여다보았네

약속을 지키는 이의
조용한 가슴

끝까지 함께 가겠노라고
영원히 그대만을 사랑하겠노라고
이 나라를 개혁하겠노라고
진정한 자유와 번영의 땅을 이루겠노라고
사람이 사람을 바꾸어놓겠노라고

약속하지 마라
약속하지 마라

토기장이 앞의 진흙 같은 당신
약속은 워낙 우리의 것이 아니었으니

로텐부르크[†]

로텐부르크에서는 땀이 난다
독일의 드문 고도(古都)에서 땀이 난다
뢰더 탑으로 올라가는 나무 계단에서 땀이 난다
도시를 두른 성벽에서 땀이 난다
교황에게서 받은 자유가 땀이 난다
전쟁에서도 살아난 자유가 땀이 난다

10세기 중세의 시간
중세의 아름다운 건축
동화의 거리 로만티셰 슈트라세
비현실의 환상 도시 플뢴라인[‡]
시원하게 마시는 맥주에서도
땀이 난다

꿈 같은 사랑의 땀이 난다
멀리서 펼쳐지는
시간의 사랑

공간의 사랑

감당할 수 없어서 흘리는 땀,

땀

† Rothenburg. 독일 바이에른주 서북부에 있는 작은 도시로 10세기 경에 세워진 고도가 세계대전으로 인한 피해를 입지 않고 중세의 아름다움을 그대로 간직하고 있다. 뷔르츠부르크에서 휘센에 이르는, 이른바 로만티셰 슈트라세 고속도로변의 낭만적 도시 가운데 으뜸으로 평가받는다.

‡ Plönlein. 로텐부르크 중심에 있는 작은 시가지와 골목으로 이 도시의 전형적인 모습이 잘 드러나 있다.

성소수자

세상 어디에나 다수가 있고 소수가 있다
소수는 보호받아야 하지만 다수가 결정한다
언펄칭 그것이 민주주의라고 하지 않는가

목소리는 소수가 크다
다수에 지지 않으려니 클 수밖에
시청 앞, 서울역, 광화문은 소수의 땅이다
소리 큰 소수는 다수 같아 보인다

여자와 남자가 만나서 섹스도 하고 결혼도 한다
여자와 여자가 만나고
남자와 남자가 만나기도 한다
이성 간의 만남이 자연이라고 하지만
동성 간의 만남도 자연이라고 하는 사람들도 있다
소수와 다수의 차이가 있을 뿐

성소수자는 창조의 원리에 어긋난다는 전통

그럼에도 소수자의 위력은 적지 않다
S. 게오르게, A. 랭보, T. 만 등등
인류의 큰 작가 모두 소수에 속하지 않는가
퀴어 예술가 수백 명의 명단이 빽빽하다
이들은 숫자 중심의 민주주의를 비판한다

문학과 예술의 지향은 소수 안에 있고
보편적 다수는 그 지향 맞은편에 머무른다
퀴어 축제는 비난과 조롱 쪽에 머무르고
건전의 전통으로 다수는 흘러간다
소수여, 다수가 되려고 하지 마라
소수가 축제를 벌이는 곳에서
진리의 아픔은 이름을 잊어버린다
소수는 소수 자신이 축제이다

세상이 온통 문학예술로 가득가득하다면
나는 기꺼이 문학을 버릴 것이다

노벨문학상

둘로 갈라졌다
아니, 워낙 둘이었다
민족과 세계
특수와 보편
그리고 또 둘 둘 둘⋯⋯
노벨은 둘을
함께 안아야 했다
헤세도 카뮈도 안겨 있었다
사르트르는 안기기 싫어했다
한강도 지금 잘 안기어 있다

둘로 갈라질 수밖에 없는
분열의 지점은
갈수록 늘어난다
이번엔 여와 남, 혹은
페미니즘이라는
21세기의 거대한 수레다

홍익인간이라는
휴머니즘이라는
계몽적 이성이라는
사람의 가치는 끊임없이 역설되더니
주장과는 반대로
날로 무시되더니
마침내 포스트휴먼이라는
사람 없는 세상이 되어간다

페미니즘이 거세진다.
페미니즘 앞에서 세상은 억압과 폭력의
다른 이름으로,
세상은 예민하게 고발되고
문학은 비로소 본질을 만난다
연약한 소수자의 호소와 만난다

문학은 본디 여성의 것
노벨상도 연약함의 강함을 보여준다
연약함이 또 다른 강함이 되는 순간

제자리를 잃은 자들로
자리는 둘로 갈라진다
구원도
권력도
놀이도
문학이라는 미약한 호소의 힘마저
둘로 갈라진다

문학은 모든 연약함의 보편일 뿐
노벨문학상은 휘청거리는 문학을 휘청거리며 껴안
는다

다윗

다윗은 골리앗과 함께 나온다
골리앗이 없으면 그는 힘이 빠진다
다윗은 사울과 함께 나온다
그가 없으면 그의 선행은 희미해진다
다윗은 밧세바와 함께 나온다
그의 음행이 없으면 참회가 없다
참회는 시를 낳고
아, 마침내 구원의 조상이 되는구나

아카데미아 미술관에서 다윗은
근육남의 표본으로 서 있다
동안의 소년 표정과는 달리
엄청난 힘을 품고 있는 두 주먹
얌전한 성기의 표정 모두
미켈란젤로에 순종하고
르네상스에 순종하는 모습 아닌가
아, 아름다움이 죄일 수밖에 없는

그는 만진다
그는 찌르지 않는다
그는 노래한다
그는 눈물을 흘린다

그는 피한다
그의 승리는 그의 죄다
죄에서 나오지 않은 것이 없다
다윗이 나온다

카페 플라츠

플라츠,
장소라는 뜻이다
상현동에 있는 카페
독일어 이름이라서인가
베를린 냄새도 나고
뒤셀도르프 생각도 난다
더 멀리 아득히
프라이부르크 시절도 떠오른다
독일어 이름들이 숨기고 있는
이슬 맞은 청춘

지금 플라츠는 피난처다
병원으로 가야할 시간,
병원에서 이제는 잠시 나와
한숨 내뿜어도 좋은 시간,
아직 한 끼 밥도 먹지 못하고
우선 숨결의 건강에 감사하는 시간

플라츠는 파라다이스
시간의 회전의자
PLATZ

강원도 파우스트

우찬제(문학평론가)

1. 빛과 어둠을 조율하는 11월의 원근법

독일 베를린이나 프랑크푸르트, 혹은 프라이부르크 어딘가에 '카페 플라츠PLATZ'가 있는지 나는 알지 못한다. 인터넷으로 검색해보지도 않았다. 다만 용인 수지구 상현동에 그런 이름의 카페가 있다는 것을 김주연의 시를 보고 인터넷에 검색해본 결과 알게 되었다. 갓 구운 빵의 향기로 넉넉한 이 카페를 이른바 '최애'의 공간, 그러니까 토포필리아Topophilia의 장소로 여기는 이가 많은 모양이다. 이 시집의 마지막에 실린 「카페 플라츠」를 읽으면서 김주연 역시 그렇지 않을까, 나는 짐작한다. 그 장소에 앉아 차를 마시는 원로 비평가-시인의 초상을 그려본다. 병원에 가야 하거나 나왔을 때 잠시 들러

숨을 고르기도 하고, 다른 만남을 위해 갈 수도 있겠다. 병원행과 관련하여 "카페 플라츠"는 "우선 숨결의 건강에 감사하는 시간"을 보내는 장소이다. 노년의 건강 및 몸과 마음이 잘 어우러진 리듬에 감사하고 기원하는 공간이 될 수 있다. 또 "시간의 회전의자"라는 시구를 통해 역동적 시간성을 성찰하는 장소일 수도 있겠다는 추측을 하게 한다. 지금-여기의 풍경이나 관심에 집중하기보다 이제껏 살아온 모든 시간 단위, 그 순간들에 접속하는 장소이기도 할 터이다. 공간적으로는 플라츠가 독일어이니 그가 유학하거나 방문했던 독일 프라이부르크나 뒤셀도르프, 베를린 등 여러 곳을 횡단한다. 그런가 하면 원적인 "강원도 이천군 이천면 탑리"이거나 어린 시절 잠시나마 국민학교를 다녔던 강릉의 경포대며 선교장, 바다 수영을 하다가 기사회생한 강릉 바닷가, 교통사고로 생애 최초로 신문지상에 이름을 올렸던 구절양장의 강원도 산길이며 해안 길, 예전에는 감히 범접하기도 어려웠던 대관령…… 이런 강원도 풍경들이 "엊그제까지 살던 고향처럼 다정"('自序')하게 시인을 초대한다. 그런 초대에 응하면서 가로지르는 지점마다 거기에 있던 시간과 기억들이 때로는 희미하게 때로는 생생한 풍경처럼 뒤따른다. 그런데 그 시간의 풍경들은 선형적으로 떠오르지 않는다. 카오스처럼 방사형으로 떠오를 수 있기에 "시간의 회전의자"라고 하지 않았을까.

어쨌든 이 시집의 주체는 그런 시간의 회전의자에 앉아 있다. 한여름 무성했던 잎들을 모두 떨군 나목(裸木)들이 선들바람에 떠는 동짓달이다. 그런 나목에서 생명의 심연을 헤아리는 눈길이 예사롭지 않다. "잎새를 다 떨군／겨울나무의／벌거벗은 증언이 준엄하다"라고 한 다음 '나목의 준엄' 혹은 '나무의 존엄'을 예감하는 까닭을 성찰한다. "잎새 없는 겨울나무가／푸르른 잎새를 불러"올 것을 예감하기에, "나무의 존엄을" 숙고하면서 동시에 "벌거벗은 너 앞에서／벌거벗은 나를 본다". 벌 거벗기는 마찬가지여도 겨울나무와 인생의 겨울은 대조될 수밖에 없는 것이 대자연의 순리이다. "헐벗은 인생의 겨울은／추억과 회한만을 품고 있지만／늘씬한 나목(裸木)의 겨울은／근육의 비밀을 숨긴 채／싱싱한 새순을 품고 있다"(「겨울나무」). 푸르른 새순을 속으로 품은 나목과는 달리 단독자로서의 개인은 그런 새순을 기대하기 어렵기에 엄연한 한계를 느끼지 않을 수 없다. 생동하는 자연과는 다른 인간 몸의 한계를 눈으로, 의식으로 초극할 수 있을 것인지, 그 "시간의 회전의자"에 앉아 궁리한다. 자연과 인간을, 영혼과 육체를, 지상과 천상을, 인성과 신성을 가로지르며 전면적 진실 내지 생의 구경(究竟)적 진리를 탐문할 수 있을지 숙고한다. "인간은 노력하는 한 방황하는 법 Es irrt der Mensch, solange'er strebt"[†]이라고 했던 『파우스트』의 핵심 구절을 떠올리게 한다.

시집 『강원도의 눈』을 읽으면서 나는 자연스럽게 '강원도 파우스트'의 초상을 떠올리곤 했다. 원적이 강원도이며 독문학을 전공한 비평가 김주연이 "카페 플라츠"에서 "시간의 회전의자"에 앉아 "11월의 원근법"을 응시하며 서정의 리듬을 조율하는 정경이 마치 파우스트를 닮은 것처럼 느꼈기 때문이다. '자서(自序)'에서도 "먼 것들이 가깝게 다가온다"라고 했거니와 그런 "먼 가까움"이 "11월의 원근법"을 해체적으로 형성한다.

어제오늘 본 얼굴들은
잿빛처럼 희미해지고
반세기 너머 먼 얼굴들이
가깝게 떠오르는
원근법의 뒤바뀜 안에서

---

† 요한 볼프강 폰 괴테, 『파우스트』 1, 정서웅 옮김, 민음사, 1997, p. 28.

세월도 뒤바뀌는

11월

—「11월의 원근법」 부분

　단기 기억은 희미해지고 장기 기억은 선명한 만년의 기억 생리를 원근법의 뒤바뀜으로 포착하면서, 시간적으로 아득한 과거나 공간적으로 먼 장소를 가깝게 조망한다. 강원도 원적지에 다가서는 것도, 소년의 경험이 녹아 있는 강원도에 거듭 눈길을 주게 되는 것도, 다 이와 관련된다. 그런데 「11월의 원근법」이 한갓 과거로 퇴행하는 이른바 '라떼' 화법과 다른 것은 '원근(遠近)' 사이의 긴장과 조율 덕분이며, 단지 시간적 '원근'으로 단절된 문제일 수 없다. 먼 것과 가까운 것, 그 사이에서 시적 긴장과 새로운 인식의 계기를 마련하는 방법적 성찰의 도정이다. 먼 과거의 경험을 반추하며 현재의 의식을 재정비하고, 오늘의 눈으로 과거 풍경을 다시 조율한다.

　아울러 「11월의 원근법」은 빛과 어둠의 중첩과 횡단, 대결과 조화를 깊이 응시하게 한다. 미리 말하건대 이 지점에서 우리는 김주연 시의 중핵적 개성을 헤아리게 될 것이다. 가령 빛과 어둠의 조율을 통해 파우스트적 이중 자아 테마를 숙고하게 하는 「밝은 빛―파우스트 1」

을 보자. 오전 10시 반, 빛이 밝아지면 어둠의 그림자가
더 분명해진다. 화자는 그 "빛과/어둠의 만남"의 풍경을
보면서 "서로 싸우지 않으면 좋겠다"라고 생각한다. 실
제로 빛과 어둠은 서로 밀고 당기면서 동쪽에서 서쪽으
로 춤을 춘다. "어둠 속에서/점점 밝아오는 빛"을 응시
하며 화자는 "빛은 너무 착하다"라는 목소리를 "좀더 빛
을!"이라고 했던 괴테의 절규에 보탠다. 그런데 여기서
왜 '착하다'고 했을까? 빛은 그 자체로 단독자인 것 같지
않다. 어둠의 저편에서 홀로 빛나는 것 같지만 실제로 그
렇지 않다. 어둠에서 나왔고, 어둠을 변화시키고, 또 어
둠으로 돌아가기도 하는 게 빛이다. 어둠이라는 반(反)
의 동력까지 함축하고 있는, 그러면서 전면적 진실을 향
해 방황하고 노력하는 존재가 바로 빛이다. 그러기에 빛
은 착하다. 괴테의 『파우스트』에서 진리를 추구하는 파
우스트와 악마 메피스토펠레스와 거래하는 파우스트가
다른 존재가 아니고 한 존재 안의 이중 자아이다. '강원
도 파우스트'도 그 점을 분명히 한다. "파우스트와 메피
스토는 처음부터/한 몸이었던 것을!"(「창세기 서곡—파
우스트 2」) 마찬가지로 빛과 어둠 또한 그러하다. 그런
데 시적 화자의 눈에 들어온 빛은 어둠과 다른 존재가
아니지만, 어둠을 안고 넘어서려 방황하고 노력하는 모

습을 보인다. 그것은 「가을 기도」에서 매우 원숙한 경지를 펼친다.

> 햇빛은 바로 어둠이 되고, 마침내 둘은 한 몸이 되네
> 선한 어둠으로 거듭 태어나
> 자신을 모두 내어주는 밝은 어둠
> 어둠이 비춰주는 밝은 부재의 그늘 속에서
> 문명의 모습을 자랑하는 과잉의 욕망은
> 누추한 옷을 벗고 피를 흘린다
> 상심한 자 위로받고 감사하네
> 모자 벗고 몸으로 받는 햇빛
>
> —「가을 기도」 부분

여기서 빛과 어둠은 마침내 지양(止揚)의 경지를 안내한다. 지양이 왜 그리 중요한가? 21세기 들어 환경 생태 위기와 함께 정치적 극한 대립의 문제는 한국뿐만 아니라 세계적인 핵심 과제임에 틀림없을 텐데, 특히 정치적 대립의 문제는 대화를 통한 변증법적 지양의 방법을 피차 외면한 데서 비롯되었을 터이기 때문이다. 앞에서 본 「밝은 빛—파우스트 1」에서 "서로 싸우지 않으면 좋겠다"라는 생각을 전경화한 것도 그런 사정에서 비롯된

게 아닐까 싶다. 여러 시편에서 빛과 어둠을 사려 깊게 조율하는 이유도 그렇다. 지양된 빛과 어둠은 때로 감사의 풍경을 견인한다. 「카페 플라츠」에서는 그렇게 감사의 기도를 드리는 시간이기도 하다. 감사는 인간의 과잉 욕망을 반성할 때, 어둠이 비춰주는 밝은 부재의 그늘을 성찰할 때 깊어진다. 카페 플라츠에서 이루어지는 빛과 어둠의 조율은 밖의 풍경을 관찰하는 행위에서 그치는 것이 아니다. 그보다는 내면의 빛과 어둠을 성찰하고 조율하는 인식 의지가 더 깊어 보인다.

2. 감기(感氣)의 상상력과 간헐적 파행

내면은 몸과 떨어져 있지 않다. 몸을 통해 내면으로 향하는 것은 아주 자연스럽다. 파우스트도 메피스토펠레스와 거래하면서 온갖 몸의 파행(跛行)을 거쳤던 것을 우리는 잘 알고 있다. 이십대의 몸이 되어 그레트헨과 파행적 연애 행각을 펼쳤고, 고대 그리스의 미녀 헬레나를 찾기 위해 '어머니들의 나라'로 들어가기도 했다. 그럴 때마다 파우스트의 몸과 마음은 탈났다. 파행이 "부실한 내 몸에 붙은/친밀한 동료였"음을 깨닫는 과정을 그런 「간헐적 파행」에서 화자는 "친한 건 아프고/아프면 친해진다"는 "반(半) 진리에 이르는 데/80여 년 걸렸"음을 헤아리며 "진리는 아프면서 친해진다"(「간헐적 파행」)라는 명제를 제출하기에 이른다. 「감기」에서 시인은 자기 몸을 더 느끼며 몸이 빚어내는 서정의 향방을 가늠한다. '감기(感氣)'란 곧 몸의 기(氣)를 감각하도록 안내하는 몸의 신호가 아닐 것인가. 코로나19 이후 누구라도 신열이 나고 목이 아프면 걱정이 앞선다. 병원에 가면 의사는 대개 "그저 미열입니다", 그저 "노이로제다"라고 말하는데, 체질적으로 예방접종을 하지 못하는 시인의 경우 감기는 아주 힘든 증상으로 다가오기 마련이다. 하여 감기 기운이 있을 때마다 병과 건강에 대한 실존적 성찰을 하는 것은 차라리 자연스럽다. "병이 건강이고/건강이 병이라고 말한/독일 소설가도 있지만/그의 아이러니를 따라가기엔/현실의 병이 무섭다". 이는 틀림없는 사실이지만, 그럼에도 불구하고 시인은 병의 은유를 통해 새로운 성찰을 거듭한다. 「허리가 아프다」에서 척추관 협착증을 보는 눈을 주목하자. "척추관만 좁아졌을까/시야도 좁아지고/보폭도 좁아지고/가슴도 좁아지고/그렇군, 마음도 좁아지지 않았을까". 이런 성찰을 거쳐 "아픔은 이원론을 뚫고 지나간다"라는 인식 지평에 이른다. 몸과 마음은 따로일 수 없고 공생하는 법, 그러니까 이런 식이다. "마음이 가슴을 조이고/가슴은 불안 초조를 만들고/불안의 실존은 다리를 휘청거리게 하며/주저앉은 다리는 허리를 아프게 한다/허리가 아프다 가슴이 아프다".

이렇게 몸과 마음의 기를 감각하는 '감기'의 상상력은 「중독」에서처럼 "스마트한 중독", 그 "주이상스 욕망"을 반성하게 하기도 한다. "새로운 기계는 끊임없이/중독을 재생산하고/재생산된 시간은/욕망으로 가득하다/잠깐의 멈춤도 낄 시간이 없다". 이런 사회 문화적 증후(症候)는 물론 전체적으로 생명의 조화를 이루고자 생동하는 기운을 주고받는 자연과는 달리, 도무지 대화와지양을 알지 못하는 정치적 행태에 대한 비판의 감각으로 감기의 상상력은 확산된다. 민주주의의 부정적 양상과 민주주의 구현의 곤혹스러움을 살핀 「민주주의」를먼저 보자. 선거 때마다 지지자를 확보하기 위해 이전투구를 마다하지 않는 정치인의 모습이 비판된다. "어깨에 띠를 두르고/나는 이렇게 잘났다고 외친다/길 건너편 너는/이렇게 못났다고 흉을 본다/자기 스스로 추켜올리고/너를 욕하고 깎아내리는 민주주의", 이런 식이다. 표를 얻기 위해서다. 자신을 위한 온갖 포지티브와

경쟁자를 깎아내기 위한 네거티브들이 선거판을 혼탁하게 하고 있다는 사실을 이렇게 직시한 것이다. 선거판만 문제인 게 아니다. 선거 전후로 달라지는 정치인들을 행태 또한 부정적이다. "굽실거리고 악수하던 너/며칠 뒤 안하무인의 구둣발이 요란하다/복지와 봉사를 약속하던 너/돈도 땅도 아파트도 모조리 제 주머니에 쓸어 넣는다/가렴주구(苛斂誅求)와 옥반가효(玉盤佳肴)가/민주주의로 이름이 바뀌었구나, 불쌍한 민주주의야". 이런 귀납의 과정을 거쳐 민주주의 제도에 대한 비판적 성찰의 메시지를 분명히 한다.

내 환부를 드러내고
네 치부를 보여주는
공공연한 제도
더러운 욕망의 화신
버릴 수도 없는
낫지 않는 몸살, 민주주의

— 「민주주의」 부분

고대 그리스 시절 이후 민주주의의 '몸살'은 인간 사회의 핵심 화두 중 하나였다. 어느 나라든 민주를 표방

하지만, 그 제도의 진정한 취지를 구현하기는 참 어렵기만 하다. '만인 대 만인의 이리' 상태를 넘어서고자 사회적 계약을 수행하고 민주주의라는 제도를 정비했지만, 과연 얼마나 이리 상태를 넘어섰는지 쉽게 말하기 어렵다. 여기서 잠깐, 김주연이 이른바 4·19 세대를 대표하는 문학가였다는 사실을 환기하자. 자유와 민주를 위한 노도와도 같은 혁명의 대오와 함께 대학 생활을 시작했고, 그 기운과 정신으로 정치와 사회와 문화를 혁신하고자 했던 세대 아닌가. 그랬던 4·19 이후 60년이 넘는 세월 동안 물론 개선된 점도 많이 있기는 하지만, 아직도 민주주의의 몸살은 좀처럼 나을 기미를 보이지 않는다. 하염없이 작은 존재, 작은 인간인 탓일까.

「비도 오고 날씨도 흐린데」와 「열(熱)」은 김주연의 문제의식을 종합적으로 보여준 시편들이다. 「비도 오고 날씨도 흐린데」는 흐린 날씨 속에서도 피어나는 벚꽃과 인간 군상을 대조적으로 형상화하면서, 자연의 이치는 물론 세상의 상식에도 미치지 못하는 인간 행태를 비판한다. 화자는 아파트에서 내려와 인파가 많은 벚꽃 가로수 길까지 걸어오면서 벚꽃이 점층적으로 활짝 피어났음을 관찰한다. "맨숭맨숭하게 보였던 벚나무가/조금 더 내려오자 자주빛 꽃망울을 달고 있더니/길거리 평지

136

에 이르자/풍성한 꽃다발들을 가득가득 이고 있구나".
고도에 따른 기온이나 일조량과 벚꽃의 개화 정도가 상
관 있을 것 같은데, 시인은 그것을 인간을 대하는 벚꽃
의 마음으로 고쳐 읽는다. "자연이 푸른 높은 언덕에선/
얼굴을 인색하게 보여주더니/사람 많은 거리에선 활짝
모두 피는구나/벚꽃, 봄 벚꽃, 흐린 날씨 속의 벚꽃/탁
하고 어두운 미세먼지 속 사람들을 보듬고 싶었더냐".
황사와 미세먼지가 많은 봄날 벚꽃이 활짝 피어나지 않
는다면 그 봄 풍경은 제법 삭막할 것이다. 그런 점을 고
려하면서 시인은 "미세먼지 속 사람들을 보듬고 싶"은
벚꽃의 아름다운 욕망을 헤아린다. 그런데 벚꽃이 보듬
어주고 싶은 사람들의 풍경은 어떠한가. 마침 총선 정국
이어서 그런지 온갖 폭력적인 말들, 파탄과 파국을 조장
하는 막말들이 난무하고 있다. 그런 살풍경에 그만 아연
실색하고 만다. 하여 이런 질타의 목소리를 낸다. "아,
꽃을 잡아먹는 인간들이라니!" "미세먼지 속 사람들을
보듬고 싶"은 벚꽃의 아름다운 욕망과 "꽃을 잡아먹는
인간들"의 행태는 이렇듯 대조적이다. 이 대조가 시인을
고통스럽게 한다. 그 고통의 심연에서 새로운 성찰의 지
평을 연다. 작은 인간, 그토록 작은 사람의 마음 무늬,
그 인문적인 것의 한계, 신성이나 영성에 대한 관심 혹

은 자연과 인성과 신성 그 모든 것을 종합적으로 성찰하려는 파우스트적 인식 의지를 열어 보인다.

「열(熱)」은 시인의 사유와 상상, 비판과 성찰의 지양 과정을 현묘하게 보여주며, 독자에게 많은 생각거리를 제공하는 시편이다. "뭐 화끈한 일 없어요?/그가 묻는다/역사에 뜨겁게 참여하시죠/그녀가 채근한다/뎁니다/나는 대답한다". 1연의 이런 에피소드부터 그렇다. 열렬하고 화끈한 것을 강조하는 그녀/그의 요구에 "뎁니다"라고 대답하는 화자는 2연에서 "열이 나는 것 같아 병원에" 갔는데 "단골 동네 의사는/대수롭지 않"다는 투로 "가벼운 열감"이라고 말한다. 1연의 그녀/그처럼 2연의 의사 역시 "화끈한" "열"이 아니어서 못마땅했던 것일까. 현실에서의 이런 체험을 거쳐 시인은 3연에서 다음과 같은 인식의 지평을 연다. "미열을,/서늘한 것을/중간쯤 앉아 있는 것을/도무지 못마땅해한다/중용과 지양은 없다". 당연히 키워드는 중용과 지양이다. 중국의 『중용』, 아리스토텔레스의 『니코마코스 윤리학』, 헤겔의 변증법, 독일의 교양소설이나 인문주의가 강조했던 핵심 덕목 말이다. 4연에서는 확연히 편 가르고, 갈라치기하고, 도무지 대화를 모르고, 그러니까 물론 지양을 통한 방법론적인 성찰을 하지 못하고 중용의 미덕에

다가설 수 없는 현실 정치인들 혹은 정치적인 사람들의 태도로 인해 "열받는다". 서로가 서로에게 열을 부추기고 열받게 하는 세상이여서일까. 그것이 인간계에만 영향을 미치는 것에서 그치는 게 아니라는 심화된 인식을 밀고 나간다. 5연에서 지구 온난화와 연결한다. "뜨거워야 사는 세상/뜨거워지는 지구"의 대조적 인접이 그렇다. 사람은 '열'에 들떠 뜨겁기를 바란다. 그 열기와 파장이 지구 전체로 확산·심화될 때 지구 역시 뜨거워질 수밖에 없는 것일까. 마지막 행에서 화자는 현묘한 아이러니를 구사한다. "차갑게 식어버리지 않을까". 3연에서 중용과 지양을 비판적으로 내세웠던 터였다. 그런 가치의 지평에서라면 뜨거운 세상, 열 내는 세상이 아닐 수도 있다. 그러면 지구가 부분적으로 온난화 정도를 줄이는 게 아니라, 마치 예전의 대멸종 사건 때처럼 차갑게 식어버리지 않을까 걱정하는 어조는, 영락없는 반어다. 그 효과는 물론 거꾸로이다. 찬 것과 뜨거운 것, 서늘한 것과 열한 것 사이의 지양과 중용을 시인이 깊이 응시하며 그리워하기 때문이다. "오는 것 가는 것이 모두 그리움이구나"(「벚꽃 무덤」).

3. 강원도의 눈, 생명의 소리

그 그리움은 근원적이다. 강원도의 눈길에 이끌리는 것도, 강원도에 눈길을 주는 것도 그런 그리움에서 비롯된다. 알다시피 강원도에는 눈이 많이 내린다. 1992년 1월 대관령의 일일 적설량이 92센티미터에 달했고, 1989년 2월에는 하루 동안 내린 눈이 가장 많이 쌓였을 때를 말하는 최심 적설량이 189센티미터를 기록한 적도 있다. 눈이 내려 쌓일 때 지상에 존재하는 모든 것은 고르게 덮인다. 하얀 설국은 모든 길을 지우고 새로운 길을 예비한다. 설국의 심연에서 어떤 이들은 눈[雪] 속의 눈[眼]을 보기도 한다. 눈은 이전의 풍경을 혁명적으로 바꾼다. 그러기에 눈[雪]이 내리면 이전에 보이던 것은 보이지 않고, 보이지 않던 새로운 풍경을 마주하게 된다. 그 풍경은 물론 온통 새하얀 설국의 외면 풍경만이 아니다. 눈[雪]의 내면을 투시하면서 심연에서 생명의 소리를 관음하는 눈[眼]의 내면 정경도 깊어진다. 눈 속에 덮인 흙은 새로운 씨앗을 품고자 대지의 에너지를 온축할 것이고, 거기서 씨앗은 새봄·새 생명의 눈을 틔우기를 예비할 것이다. 땅속의 풀뿌리도 그렇고, 헐벗은 채 눈꽃으로 빛나는 나무들도 그럴 터이다. 바위도 눈[雪]

140

과 교감하며 곧 반짝일 제 눈[眼]을 잠시 덮어두겠다. 그렇게 눈[雪] 속의 눈[眼]과 마주칠 수 있고 상호작용할 수 있는 눈[眼]은, 적어도 강원도에서라면 모든 것을 달리 보며 생명의 에너지를 넘치게 감각한다.

「강원도의 풀」에서 '풀'에 대한 재성찰을 통해 강원도의 심연을 이채롭게 투시하는 눈도 그런 눈이다. 우선 "강원도의 눈"은 이런 강원도 풀들과 마주친다. 그 풀들의 초대에 기꺼이 교감하는 풍경이다. "돌마타리 돌부채 돌양지꽃 바위구절초 바위떡풀 바위솜나물 산솜다리 돌가시나무 돌꽃 돌나물 돌단풍 돌매화 돌담고사리 바위돌꽃 바위손 바위솔 바위수국 산솜다리 한라솜다리 당양지꽃 동강할미꽃 벌깨풀 산조팝나무……". 이런 열거 이후 "돌 이름도 바위 이름도 아니"라 "돌과 바위를 거느리고 있는 이름이"며 "그들의 주인은 풀"이라고 친절하게 알려준다. 그러면서 강원도 풀의 특성을 헤아린다.

강원도의 풀은 풀이 아니다
돌이며 바위다
돌 이상이며 바위 이상이다
풀 없는 돌과 바위는 돌도 바위도 아니다
풀 아래에서 돌도 바위도 숨을 쉰다

풀 옆에서 사람도 숨을 쉰다
풀은 사람이 되고
사람도 풀이 된다
강원도의 풀이 온 누리를 덮고
지구의 들숨 날숨을 지켜준다

—「강원도의 풀」부분

강원도의 풀이 연결된 전체 속에서 새롭게 눈길을 끄는 것은 지구의 들숨 날숨을 지켜주는 원동력으로 작용하는 까닭이다. 풀 덕분에 사람도 돌도 바위도 숨을 쉴 수 있게 된다. 그런 생명의 풀이 아니라면 머잖아 사막화될 것이 아닌가. 그런 눈길을 지닌 시인이어서일까. 종종 "내가 나 밖의/나로 나갔다가/돌아오듯이"(「나 밖의 나—강원도 5」), "사물들은 서로서로 붙잡아주면서" "서늘한 생명"(「가을 여자」)을 확인하는 모습을 직관하기도 한다. 그리고 "늦은 나이의 여행길에서"라는 부제가 붙어 있는 「강원도」는 온몸이 그런 생명을 감각하는 눈[眼]이 된다.

자네 말대로

난 강원도 사람일세

암하노불(岩下老佛)의 촌스러운 의젓함

옥수수와 감자로 야유받곤 하는

어수룩한 식재료들

나하고는 무관한 듯 짐짓

세련된 도시남인 척 생각해왔다면

유황 냄새로 도배된 이 흙 장판의

편안함은 무엇일까

편안함이 주는 평안

그 원료의 힘은 강원도 아닐까

강원도 방에 누워서 처음으로 생명을 마신다

　　　　　　　—「강원도—늦은 나이의 여행길에서」 부분

　군이 신토불이를 언급하지 않더라도, 생명을 낳은 흙
과 몸은 떨어질 수 있는 게 아니다. 흙의 생명은 몸의
평화와 긴밀하게 호응한다. 그런 순간이라면 "지상의
쾌락을 모조리 누리겠다는 욕망"(「창세기 서곡—파우스
트 2」)도 그만 꼬리를 내리고 만다. 생명의 평화 가운
데 편안하게 자고 일어나면 세속의 쾌락과는 다른 자연
의 상쾌함을 느끼게 된다. 「울림」은 그런 상쾌함에서 출
발하지만, 새삼 반성적 지평을 이어가는 짧지만 웅숭깊

은 텍스트다. 표층에 울림이 있다. 아침부터 "참 상쾌한 날이야!"라고 그가 외쳤는데, 그 외침은 메아리를 품지 못한다. "상쾌한 날"이라는 메아리가 아니라, "죄의 냄새"가 메아리처럼 스밀 따름이다. 이어지는 진술이 문제적이다. 돌연한 인식 덕분이다. "메아리 없는 그 울림이/평생을 따라다닌다/죄의 냄새를 달고". 이렇게 표층의 울림에서 들리지 않는 "죄의 냄새를" 감각한 시인은 더 깊은 심연으로 내려가 "숨겨진 울림"을 듣고자 한다. 심층에서 들은 울림은 다른 것이 아니었다. "분명한 것은,/생명/흐르는 소리"였던 것이다. 「바람」에서도 마찬가지다. "먼, 아득한 바람에/생명의 소리/들린다". 그 생명의 소리를 들으며 화자는 "신비의 로뎀나무"(「로뎀나무」) 그늘을 그리워하기도 한다. "하루하루의 삶을 따라가는 생존"을 초극할 수 있는 시적 예지는 그런 근원적 동경의 형식과 관련되는 것처럼 보인다.

강원도의 눈으로 생명의 소리를 들을 수 있을 때, 그 관음의 경지에서라면, 나 자신에 대한 성찰의 깊이도 달라진다. "나는 나무 속에 있는 나를 본다"(「나무 속으로」)라는 시구를 주목해보자. 보는 눈의 주어이자 눈에 보이는 목적어가 같은 '나'라는 기표이다. 화자의 눈에 나무는 그저 대상화된 식물이 아니다. 세계의 모든 것이 연결된 전체 속에서 숨 쉰다는 게 가이아의 이치다. 그래서 앞에서 본 것처럼 "지구의 들숨 날숨"(「강원도의 풀」)이다. 「나무 속으로」에서 나는 날숨으로 나무 안으로 들어간다. 나무는 들숨으로 나를 맞아들인다. 그러니 이런 풍경은 그야말로 '자연'스럽다. "나무 속에 있는 나는 살아 있다/나무는 빈 속으로 나를 맞아준다/죄로 가득 찬 나는 비로소 숨을 쉬고". 이렇게 나를 환대한 나무를 볼 수 있는 눈, 나무 안의 나를 직관할 수 있는 눈이 중요하다. 이 시집 전편에 걸쳐 그런 눈길의 상호작용은 다채롭게 펼쳐진다. '강원도 파우스트'의 눈길은 그토록 웅숭깊다. 그런데 누구나 그런 "강원도의 눈"으로 나무 안의 나를 볼 수 있는 것은 아니다. 그러기에 사람들은 나무를 마구 베어버린다. 나무 안에 깃든 나를 보지 못하거나 외면하기에 그런 남벌(濫伐)이 이루어진다. 근대 이후 인공 문명으로 질주하고자 하는 파시스트적 욕망은 나무 안의 나를 보지 못한다. 그러니 이런 진술은 얼마나 준엄한가. "나무는 사람을 살리고/사람은 나무를 죽인다". 이것은 사람과 나무의 생명이 엇갈리는 데서 그치지 않는다. 나무 안의 나를 보지 못하고, 나무를 죽이는 것은 곧 나를 죽이는 것으로 이어질 수 있기 때문이다. 나무를 죽이는 것은 나무 속의 나를 함께 죽이는 것이 된다. 또 "구원의 대속물이 된 그 사람 그 나무"(「나무 십자가」)를 죽이는 것으로 복낙원의 가능성을 차단하는 것이 된다. "수많은 생명의 소리 울려퍼지"‡는 숲을 훼손하는 일이 되고, 그러면 생명의 광휘가 예감의 빛을 거두게 될 것이며, 마침내 지구 행성을 근본적으로 위태롭게 하는 계기로 작용할 터이다. 김주연이 세계적인 기후 위기 현상이나 인류세 문제에 기민하게 반응하는 것도 그런 예감 때문이다.

4. 인류세, 혹은 디아스포라의 창백한 이마

괴테의 『파우스트』 제2부 제2막에 인조인간 호문쿨루스Homumunklus가 등장한다. 파우스트의 조수였던 바그너가 만든 호문쿨루스는 요즘 식으로 말하자면 AI로 빚어낸 포스트휴먼 혹은 포스트사피엔스에 값한다. "호문쿨루스,/2백여 년 앞서 태어난/인류의 새 조상/AI를 능가하고/파우스트와 오늘 데이트를 즐긴다"(「호문쿨루스—파우스트 3」). 호문쿨루스만이 아니다. 자연의 생명

‡ 요한 볼프강 폰 괴테, 같은 책, p. 226.

과는 다른 움직임들이 포스트휴먼을 향해 빠른 속도로 질주해왔던 것을 우리는 잘 알고 있다. 그런 급격한 변화를 「오두방정」은 시니컬하게 조망한다. "수공이 기계로 바뀌고/겉모습이 요상해지고/안 모습이 편해지고/요컨대 더 잘 보이고 더 잘 들리는/감각의 개발/더 잘 팔리는 욕망의 개발/타자를 핑계 삼은 욕망의 무한 질주/모든 주체는 마침내 타자가 된다/하, 자본주의의 오두방정이라니!"「민주주의」에서 민주주의를 비판했던 시인은 이제 「오두방정」에서 자본주의를 반성적으로 성찰한다. 많이 알려진 것처럼, 제이슨 W. 무어는 지구 생태 위기의 주범으로 인류가 아닌 자본주의를 지목한 바 있다. 기후 위기, 식량 위기, 식수 위기, 금융 위기, 일자리 위기 등 21세기 위기들은 모두 연결되어 있는데 그 공통 원인은 바로 인간 자연을 비롯한 "자연을 조직하는 방법으로서의 자본주의"에 있다는 것이 그의 입장이다.◇ 신생대 4기의 마지막 시대를 일컫는 홀로세Holocene나 인류가 자행한 환경 파괴로 인해 지구 생태계가 급격한 변화한 시기를 말하는 인류세Anthropocene가 아닌 자본

◇ 제이슨 W. 무어, 『생명의 그물 속 자본주의』, 김효진 옮김, 갈무리, 2020.

세Capitalocene를 주장하는 무어의 입장에 너무 가까운 것은 아니지만, 김주연 역시 "욕망의 무한 질주"를 반복적으로 생성하는 자본주의에 대한 비판의 눈길을 멈추지 않는다.

체제나 제도에 대한 성찰과 그것을 구성하는 인간에 대한 성찰을 아우른 입장을 견지하는 시인이기에 환경 문제와 관련하여 인류세에 각별한 관심을 보이는 것도 이상하지 않다. "인류세라니, 무슨 세금 종류인가 했다/사람으로 사는 값, 사람세라니/설마 했는데 사실이었다". "인류의 교만으로 초래된 지구의 환경 악화 이름"인 "인류세(人類世)는 인류세(人類稅)"(「인류세(人類稅)」)라는 인식은 사태의 본질을 꿰뚫는 안목을 짐작하게 한다. 제이슨 W. 무어식으로라면 자연을 저렴하게 이용하느라 부담하지 않은 비용이 참으로 많은데, 그에 대한 비상 청구서가 바로 환경 위기이기 때문이다. "지구 온난화의 말세 징후"를 조금이라도 늦추기 위해 "이제는 사람이라는 사실만으로 세금을 내야 한다". 조금 더 면밀한 논의가 필요하겠지만, "인류세(人類世)는 인류세(人類稅)"라는 이 촌철살인의 직관은 작금의 인류세론과 자본세론을 통합적으로 인식한 결과가 아닐까 싶다.

이와 관련하여 주목되는 시가 「시베리아」이다. 화자

는 동토였던 시베리아에서 "얼음 풀린 눈물"을 본다. 그 "시베리아의 눈물"은 물론 기후 변화로 인한 지구온난화 탓이다. 시베리아 동토나 북극의 빙산이 녹아내릴 때 생길 수 있는 기후 환경 위기에 대해 여기에 자세히 적을 필요는 없겠다. 여기서 주목되는 것은 시베리아의 눈물을 보면서 구사하는 아이러니이다. "따뜻하고 부드러워진 시베리아의 미소/그 미소, 따뜻한 생명의 미소일까". 물론 따뜻하고 부드러운 생명의 미소일 리 만무하다. 「열」에서도 비판적으로 다루어진 바 있지만, "화끈한 것 좋아하는 격정의 정/지구 온실 덥혀가더니/마침내/기후 악당이 되었구나" 같은 진술에 이르면 그 아이러니 효과는 분명해진다.

"카페 플라츠"에서 이런저런 성찰의 시간은 이런 식으로 이어졌을 것으로 짐작된다. 고향 강원도에 대한 그리움의 정에서부터 민주주의, 자본주의, 생태 환경 문제에 이르기까지, 또 지면 관계상 다루지 못했지만 동시대의 젠더 문제, 죄와 구원의 문제 등 4·19 세대 문학가로서 김주연이 그동안 다양하게 성찰했던 인문적 마음 무늬들이 때로는 명시적으로, 때로는 암시적으로 서정의 리듬에 실려 있다. 그 여러 문제를 성찰할 때 줄곧 동행하는 질문은 바로 이런 것이 아니었을까? "그런데 나는 어디에 있는 걸까/챗GPT에 물어보아야 하나/벌써 그 속에?/나는 어디에"(「나는 어디에」). "내가 나 밖의/나로 나갔다가/돌아오듯이"(「나 밖의 나—강원도 5」) 결국 "나는 어디에"라는 질문으로 돌아온다. 가장 실존적이자 우주적이고 종교적인 질문이 아닐 수 없다. 관련하여 「디아스포라」가 눈길을 끈다. 자기 땅으로부터 버림받은 이들을 일컫는 디아스포라를 시제로 하여, 화자는 조센진, 고려인, 조선족, 재독 광부와 간호사, 하와이 사탕수수밭 일꾼, 멕시코의 애니깽, 열사의 땅 중동의 노동자 등 "밖으로 나가 있는 이름만이 아니"라 지금 우리 곁에 친숙하면서도 낯설게 다가오는 이름들인 "베트남과 우즈베크의 여인들/필리핀과 네팔에서 온 손님들"을 진심으로 호명한다. 그리고 "모두가 한 모습"이라는 사실을 엄숙하게 성찰한다.

디아스포라

더 이상 팔레스타인 바깥에서 유랑하는

유대인만도 아니고

만주 벌판을 헤매는

헐벗은 우리 조상의 역사만도 아니다

옛 고향집의 객사(客舍)에 드리운

남모르는 그림자의 창백한 이마

아, 모두가 한 모습의 디아스포라인 것을

—「디아스포라」 부분

"모두가 한 모습의 디아스포라인 것을" 공감하는 "옛 고향집의 객사(客舍)에 드리운/남모르는 그림자의 창백한 이마"가 매우 인상적이다. "산과 물을 이어주는 생명의 배다리"(「나 밖의 나—강원도 5」)가 끊어져 뿌리 뽑힌 모든 이에게 보내는 가없는 연민의 정조이다. "창백한 이마"를 향한 그런 우주적 연민cosmic pity이야말로 문학하는 마음의 본령 아닌가. 그런 마음의 무늬가 인식과 성찰의 비평가 김주연에게 서정의 리듬을 제공한 것이 아닐까 싶다. 그래서 "위대한 모순의 균형"을 형성하는 "두 힘이 모두 자연 속에 있다"(「시인 2」)라는 것을 숙고하며 "생명의 소리"(「바람」)를 관음하는 "그 자연의 이름, 시인"(「시인 2」)으로 거듭나려 한 것이 아닐까 짐작한다. "카페 플라츠"는 결국 모든 생각을 펼치고 또 생각을 접게 하는 공간인 것 같다. 그 "시간의 회전의자"에 앉은 '강원도 파우스트'가 마침내 무념무상의 경지로 내려갈 때 우주의 주름 밖, 자연의 시간과 허허롭게 동행하게 된다. 그러면서 다시 질문한다. "아, 나는 어디에 있을까요?" 물론 그만의 질문에서 그칠 리 만무하다. 우리 모두의 절실한 물음이다. 「시인 1」을 읽으면 "카페 플라츠"에서 도대체 무슨 감각적 사건이 벌어졌는지, 우리의 궁금증이 조금은 해소될 수 있다. 약동하는 자연과 들숨 날숨으로 교감하고 횡단하며 새로운 생성의 지평을 여는 '시인의 탄생'을 헤아리게 된다. 그 생명의 소리, 생명의 바람과 함께 『강원도의 눈』은 우리를 응시하며 독자의 밝은 눈을 기다리고 있다. 역시 인간은 노력하는 한 방황하기 마련일 터인가.

생각이 없습니다

바람과 함께 펄럭이지요

꽃 따라서 피어납니다

풀처럼 눕기도 하고 일어나기도 하죠

푸른 나무를 바라보면서 내 키가 크기도 합니다

비가 오면 나도 적셔 내리고

폭풍우 치면 내 얼굴도 험상궂어지고

거센 파도의 높이는 내 심장의 높이이기도 합니다

눈보라 속에서 물론 나는 눈사람이지요

아, 나는 어디에 있을까요?

*

이 모든 우주의 주름 밖으로

자연의 시간을 슬며시 손 놓아본다

— 「시인 1」 전문